サンチョパンサの帰郷

石原吉郎

現代詩人双書10

目次

石原吉郎詩集

位置

しずかな肩には
声だけがならぶのでない
声よりも近く
敵がならぶのだ
勇敢な男たちが目指す位置は
その右でも　おそらく
そのひだりでもない
無防備の空がついに撓《たわ》み
正午の弓となる位置で
君は呼吸し

かつ挨拶せよ
君の位置からの　それが
最もすぐれた姿勢である

条件

条件を出す　蝙蝠の耳から
落日の噴水まで
条件によって
おれたちは起き伏しし
条件によって
一挙に掃蕩されるが
最も苛酷な条件は
なおひとつあり　そして
ひとつあるだけだ
おれに求めて得られぬもの

鼻のような耳
手のような足
条件のなかであつく
息づいていることの日と
さらにそのつぎの日のために
だから　おれたちは
立ちどまるのだ
血のように　不意に
頬と空とへのぼってくる
あついかがやいたものへ
懸命にかたむきながら

納得

わかったな　それが
納得したということだ
旗のようなもので
あるかもしれぬ
おしつめた息のようなもので
あるかもしれぬ
旗のようなものであるとき
商人は風と
峻別されるだろう
おしつめた

息のようなものであるときは
ききとりうるかぎりの
小さな声を待てばいいのだ
あるいは樽のようなもので
あるかもしれぬ
根拠のようなもので
あるかもしれぬ
目をふいに下に向け
かたくなな顎を
ゆっくりと落とす
死が前にいても
馬車が前にいても
納得したと　それは
いうことだ

革くさい理由をどさりと投げ
老人は嗚咽し
少年は放尿する
うずくまるにせよ
立ち去るにせよ
ひげだらけの弁明は
そこで終るのだ

事実

そこにあるものは
そこにそうして
あるものだ
見ろ
手がある
足がある
うすらわらいさえしている
見たものは
見たといえ
けたたましく

コップを踏みつぶし
ドアをおしあけては
足ばやに消えて行く　無数の
屈辱の背なかのうえへ
ぴったりおかれた
厚い手のひら
どこへ逃げて行くのだ
やつらが　ひとりのこらず
消えてなくなっても
そこにある
そこにそうしてある
罰を忘れられた罪人のように
見ろ
足がある

手がある
そうして
うすわらいまでしている

馬と暴動

われらのうちを
二頭の馬がはしるとき
二頭の間隙を
一頭の馬がはしる
われらが暴動におもむくとき
われらは　その
一頭の馬とともにはしる
われらと暴動におもむくのは
その一頭の馬であって
その両側の

二頭の馬ではない
ゆえにわれらがたちどまるとき
われらをそとへ
かけぬけるのは
その一頭の馬であって
その両側の
二頭の馬ではない
われらのうちを
二人の盗賊がはしるとき
二人の間隙を
一人の盗賊がはしる
われらのうちを
ふたつの空洞がはしるとき
ふたつの間隙を

さらにひとつの空洞がはしる
われらと暴動におもむくのは
その最後の盗賊と
その最後の空洞である

Gethsemane

にんげんの耳の高さに
その耳を据え
肩の高さにその肩を据えた
鉄と無花果がしたたる空間で
林立する空壺《からつぼ》の口もとまでが
彼をかぎっている夜の深さだ
名づけうる暗黒が彼に
兵士のように
すぐれた姿勢をあたえた
夕暮れから夜明けまで

皿は適確にくばられて行き
夜はおもおもしく
盛られつづける
酒が盛られるにせよ
血が盛られるにせよ
そこで盛られるのは
彼自身でなければならぬ
雄牛の背のような
偉大な静寂のなかで
彼はうずくまり
また立ちあがり
たしかな四隅へ火の釘を打った
ひとつの釘へは
笞を懸け

ひとつの釘へは
祈りを懸け
ひとつの釘へは
みずからを懸け
ひとつの釘へは
最後の時刻を懸け
椅子と食卓があるだけの夜を
世界が耐えるのにまかせた
暗黒のなかでそれは記され
一切の所在は
そこで嗅ぎとられる
その夜を唯一の
時刻と呼ぶのはただしい
しかし完結と悲惨が

ひとしく祝福であるとき
もはやいかなる夜も
この夜のようであってはならない

葬式列車

なんという駅を出発して来たのか
もう誰もおぼえていない
ただ　いつも右側は真昼で
左側は真夜中のふしぎな国を
汽車ははしりつづけている
駅に着くごとに　かならず
赤いランプが窓をのぞき
よごれた義足やぼろ靴といっしょに
まっ黒なかたまりが
投げこまれる

そいつはみんな生きており
汽車が走っているときでも
みんなずっと生きているのだが
それでいて汽車のなかは
どこでも屍臭がたちこめている
そこにはたしかに俺もいる
誰でも半分はもう亡霊になって
もたれあったり
からだをすりよせたりしながら
まだすこしずつは
飲んだり食ったりしているが
もう尻のあたりがすきとおって
消えかけている奴さえいる
ああそこにはたしかに俺もいる

うらめしげに窓によりかかりながら
ときどきどっちかが
くさった林檎をかじり出す
俺だの　俺の亡霊だの
俺たちはそうしてしょっちゅう
自分の亡霊とかさなりあったり
はなれたりしながら
やりきれない遠い未来に
汽車が着くのを待っている
誰が汽罐車にいるのだ
巨きな黒い鉄橋をわたるたびに
どろどろと橋桁が鳴り
たくさんの亡霊がひょっと
食う手をやすめる

思い出そうとしているのだ
なんという駅を出発して来たのかを

デメトリアーデは死んだが

——一九五〇年ザバイカルの徒刑地で

デメトリアーデは死んだが
五人の男が　それを見ていた
五人の国籍はべつべつだが
してはならない顔つきは
アルメニアでも　日本でも
ポーランドだっておんなじことだ
生きのこった！
というやくざなよろこびを
ずしりとした厚みで
はねかえすような胸は

もはや君のでも　おれのものでも
なかったろう
ザバイカルでもとびぬけて
いこじで　実直なあか松だが
追いすがってまで　その男を
おしつぶす理由はなかったのだ
執拗《しうね》く追いつめられて
ふりむいたはずみに
誰かが仕掛けたとしか思えない
奇妙な罠に足をとられ
まっ白に凍った空から
ぶらんとたれさがった
綱のようなものを　ちからいっぱい
ひきちぎったまま

地ひびき打って　デメトリアーデが
めりこんだ地点から
モスクワまでは四〇〇〇キロ
五カ年計画の　最後の冬だ

おぼえがあるか　その男だ
デ・メ・ト・リ・アーデ
よしんば名前があったにしろ
名前があったというだけが
抹殺された理由ではない
もとはルーマニアでも
ふきだしたいほど　やたらにいた
古い近衛兵の一人だが
もっともらしく

ひげは立てていても
秩序というものには
まだ納得したことの　ない男だ
靴と唾《つばき》のあとだらけの
斑《まだら》な凍土《ツンドラ》にねじ伏せられ
つま先だけは　正直に
地面の方を向いていたが
肩と額はきりたつように
空へむかってのけぞったのも
あながちそいつの胴なかが
ちぎれただけとは
いいきれまい

デメトリアーデは死んだが

死ななくたって　おんなじことだ
唐がらしよりほかに
あかいものを知らぬ愚直な国で
両手いっぱい　裸の風を
扼殺するようなかなしみは
どのみちだれにも
かかわりはないのだ
無口で貧乏な警備兵《カンボーイ》が
正直一途《いちず》に空へうちあげる
白く凍った銃声の下で
さいごに　おれたちは
手套《ルカビッツ》をはめる　二度と
その指を　かぞえられぬために
言葉すくなに　おれたちは

帽子《シャプカ》をかぶる　二度と
その髪の毛を
かぞえられないために

その朝サマルカンドでは

火つけ
いんばい
ひとごろし　いちばん
かぞえやすい方から
かぞえて行って
ちょうど　五十八ばんめに
その条項がある
〈ソビエット国家への反逆〉
そこまで来れば
あとは　確率と

乱数表のもんだいだ
サマルカンドでは　その朝
地震があったというが
アルマ・アタでは　りんご園に
かり出された十五人が
りんご園からよびかえされて
じょう談のように署名を終えた
起訴されたのは十三人
あとの二人は　証人だ
そのまた一人が　最後の証人で
とどのつまりは　自分の
証人にも立たねばならぬ
アレクサンドル・セルゲーエウィチ・
プーシュキンのように

もみあげの長い軍曹《セルジャント》が
ためいきまじりで
指紋をとったあとで
こめかみをこづいて　いったものだ
〈フイヨ・ペデシャット・オーセミ！〉
――五十八条はさいなんさ！――
まったくのはなし
サマルカンドの市場《バザール》では
棚という棚が　ずりおちて
きうりや　とうもろこしが
道にあふれたが
それでも　とおいアルマ・アタでは
夜あけと　夜あけを
すりあわすように　なんと

しあわせな時刻だろうか
のこった一人の　証人でさえ
夕ぐれどきには　姿を消した
絵はがきのようにうつくしく
夜あけから夜あけへ
はりわたす　アンテナのような
天山《アラ・タウ》の屋根の上なら
インドの空も見えるだろうし
ふるい言い伝えの絹糸街道の
さきをたどれば　ローマにも
とどくだろう
買いもの袋をさげたなりで
気さくな十五人が　姿を消すと
町には　あたたかく

あかりがともり
とおいモスクワから
三日ぶんの真実《プラウダ》が
とどけられる
まったくのはなし　サマルカンドでは
その朝　地震があったのだし
アルマ・アタの町からは
十五人の若者《シンク》が
消えたのだ！

注　ロシア共和国刑法五十八条は一切の反ソ行為に対する罰則を規定している。

脱走

——一九五〇年ザバイカルの徒刑地で

そのとき　銃声がきこえ
日まわりはふりかえって
われらを見た
ふりあげた鈍器の下のような
不敵な静寂のなかで
あまりにも唐突に
世界が深くなったのだ
見たものは　見たといえ
われらがうずくまる
まぎれもないそのあいだから

火のような足あとが南へ奔《はし》り
力つきたところに
すでに他の男が立っている
あざやかな悔恨のような
ザバイカルの八月の砂地
爪先のめりの郷愁は
待伏せたように薙ぎたおされ
沈黙は　いきなり
向きあわせた僧院のようだ
われらは一瞬腰を浮かせ
われらは一瞬顔を伏せる
射ちおとされたのはウクライナの夢か
コーカサスの賭か
すでに銃口は地へ向けられ

ただそれだけのことのように
腕をあげて　彼は
時刻を見た
驢馬の死産を見守《まも》る
商人たちの真昼
砂と蟻とをつかみそこねた掌《て》で
われらは　その口を
けたたましくおおう
あからさまに問え　手の甲は
踏まれるためにあるのか
黒い踵が　容赦なく
いま踏んで通る
服従せよ
まだらな犬を打ちすえるように

われらは怒りを打ちすえる
われらはいま了解する
そうしてわれらは承認する
われらはきっぱりと服従する
激動のあとのあつい舌を
いまも垂らした銃口の前で――
まあたらしく刈りとられた
不毛の勇気のむこう側
一瞬にしていまはとおい
ウクライナよ
コーカサスよ
ずしりとはだかった長靴《ちょうか》のあいだへ
かがやく無垢の金貨を投げ
われらは　いま

その肘をからめあう
ついにおわりのない
服従の鎖のように

注　ロシャの囚人は行進にさいして脱走をふせぐために、しばしば五列にスクラムを組まされる。

コーカサスの商業
――ある報復から

そのとき君は斧の刃に
もたれていた
あるいはこういっても
いいだろう　斧が
君の背にもたれていたと
斧の刃にこそふさわしい
盾のようなその背を
斧よりほかの　だれが
そのように愛しただろうか
それはどんな日の朝でもいい

石のなかに風が立つためには
斧のなかで斧の刃が
めざめればよかった
朝だけにしか起りえない
ものごとの価値の
はじまりのなかで
斧は幹からひきはずされ
やさしくまっすぐに
君の背へ打ちこまれた
斧には麵棒のように
きまじめな柄があり
柄には金色のむく毛の手があった
コーカサスの山地にはいまでは
三つの共和国があるが

二十枚の銀で
売りわたしたものを
鋼鉄の斧で買いもどす
商業のしきたりは
もとのままだ
斧から背へわたす虹のように
生き生きとかわす目くばせから
コーカサスの商業は成立する
君が横たわる地のはてへも
コーカサスの価格は
つきまとうが
君へふまれた華麗な値は
君が　きっぱりと
承認しなければならぬ

やぽんすきい・ぼおぐ
（日本の神）

日本の神は
小さな陰茎《フィ》を持つ
小さな陰茎《フィ》の日本の神は
おなじくその手に
小さな斧を持つ
鬼のような夕焼けのなかで
その小さな斧が
信ずるものは何だ
小さな斧が立ちむかう
白くかぼそい

ものは何だ
郷愁を不意につきおとし
革命を立ちどまらせ
鶏《とり》のような白樺を打ちたおす
シベリヤはだれの
領土でもない

よしんばその町に塔があっても
納得はしない
よしんばその町に塔がなくても
納得はしない
塔がある日の理不尽な悲しみを
塔のない日へおしかぶせて
おれは　その町を

知らぬといえ　塔のない空を
見たことがないといえ

夕焼けが棲む髭のなかの
その小さな目が拒むものは
夕焼けのなかへ
返してやれ
怒りの酒槽《さかぶね》を踏みぬくように
小さな神がふみぬいたものは
かさねて　これを
踏みぬいてはならぬ
落日のなかに蹴爪を染め
系列となって羽ばたくやつを
落日のなかへ

追いかえすな

注 「日本の神」「小さな陰茎」——日本の捕虜たちは、ときにシベリヤでそう呼ばれた。おそらくは愛称であろう。

その日の使徒たち

君らを見つめる目の数は
僕を見つめる目の数の
ちょうど十二分の一で
君らをふせぐ手の数は
僕をふせぐ手の数の
ちょうど十二倍だが
僕らをささえる地面と
僕らがささえる空とは
ふしぎなことにちょうど
おんなじ数だ

一人の僕と
十二人の敵をささえる
愚直な大地と
十三人の手がいっせいにささえる
ひき臼のような空のあいだで
しずかに鼻をすする音と
咳ばらいの音がきこえ
十三人の熱っぽい目の下で
ひっそりと誰かが
食事をする気配がする

〈神様がいらっしゃる日が
　ちかいのだ〉

最後の敵

薔薇のように傷あとが
耳たぶのうしろで匂っている
そんなおとこに会っては
いけないのか
華麗な招待の灯《ひ》の下でも
腕ぐみをとかずに向きあえる
そんなおとこに会っては
いけないのか
夕やけのなかの尖塔のように
怒りはその額にかがやいているが

とおく十字路を
ふりかえる目のなかには
颶風が　やさしく
とまどっているようだ
彼の靴おとが行きすぎるとき
沈黙は　街じゅうにひろがり
はるかな地下室では
はたと賭博の手を
おさえる気配がする
追われるよりもいちはやく
向きかえた背なかのまじめさを
忘れかねている大通りが
一つや二つはあるはずだが
いたみにはやさしくかたむく

秤のような肩と
どんな未来もはねつける
きりたった胸とが
どこで遭っても見わけのつく
そいつの誠実な目じるしだ
敵のなかに　さらに敵をつくり
鞭をまたいで　ついに
ぼくらをふりむかなかったおとこ
そうしてなによりも　終末の日に
塔よりも高い日まわりが
怒りのように
咲きならぶ道を
彼はやって来るだろう
かんぬきよりもかたくなな

ぼくらの腕ぐみを
苦もなくおしひらいて
その奇体なあつい火を
ぼくらの胸に
おしつけるために

サンチョ・パンサの帰郷

安堵の灯を無数につみかさねて
夜が故郷をむかえる
みよ　すべての戸口にあらわれて
声をのむすべての寡婦

驢馬よ　権威を地におろせ
おとこよ
その毛皮に時刻を書きしるせ
私の権威は狂気の距離へ没し
なんじの権威は

安堵の故郷へ漂着する
驢馬よ　とおく
怠惰の未明へ蹄をかえせ

やがて私は声もなく
石女《うまずめ》たちの庭へむかえられ
おなじく　声もなく
一本の植物と化して
領土の壊滅のうえへ
たしかな影をおくであろう

驢馬よ　いまよりのち
つつましく怠惰の主権を
回復するものよ

もはや　なんじの主人の安堵の夜へ
何ものものこしてはならぬ
何ものものこしてはならぬ

耳鳴りのうた

おれが忘れて来た男は
たとえば耳鳴りが好きだ
耳鳴りのなかの　たとえば
小さな岬が好きだ
火縄のようにいぶる匂いが好きで
空はいつでも　その男の
こちら側にある
風のように星がざわめく胸
勲章のようにおれを恥じる男
おれに耳鳴りがはじまるとき

そのとき不意に
その男がはじまる
はるかに麦はその髪へ鳴り
彼は　しっかりと
あたりを見まわすのだ
おれが忘れて来た男は
たとえば剝製の驢馬が好きだ
たとえば赤毛のたてがみが好きだ
たとえば銅の蹄鉄が好きだ
銅羅のような落日が好きだ
笞へ背なかをひき会わすように
おれを未来へひき会わす男
おれに耳鳴りがはじまるとき
たぶんはじまるのはその男だが

その男が不意にはじまるとき
さらにはじまる
もうひとりの男がおり
いっせいによみがえる男たちの
血なまぐさい系列の果てで
棒紅のように
やさしく立つ塔がある
おれの耳穴はうたがうがいい
虚妄の耳鳴りのそのむこうで
それでも　やさしく
立ちつづける塔を
いまでも　しっかりと
信じているのは
おれが忘れて来た

その男なのだ

五月のわかれ
——死んだ男に

右手をまわしても
左手をまわしても
とどかぬ背後の一点に
よるひるの見さかい知らぬげに
あかあかもえつづける
カンテラのような
きみをふりむくこともも
できないのか
ふりむくことはできないのか
なんという

愚鈍な時刻のめぐりあわせが
ここまでおれを
せり出したのだ
風は蜜蜂をまじえて
かわいた手のひらをわたり
五月は　おれを除いた
どこの地上をおとずれるというのだ
ああ　騎士は五月に
帰るというのか
墓は五月に
燃えるというのか
耐えきれぬ心のどこで
華麗な食卓が割れるというのか
皿よ　耐えるな

あざやかに地におちて
みじんとなれ青い安全灯
ああ　五月
猫背の神様に背をたたかれて
朝はやくとおくへ行く
おれの旗手よ

霧と町

霧のある夜がとりわけて
自由だとはいわぬ
君らがどこで行き遭おうと
君らと僕らのけじめはないし
告発の十字砲火で
みごとに均らされたこの町では
人があるけば
どこでも大通りだが
まれには　まともな傷口が
それでも肩ごしにのぞくとなると

霧のある夜と　ない夜とでは
うしろめたさも
ちがうというものだ
重心ばかりをてっぺんにおしあげた
お祭りさわぎの魔女狩りの町では
やつさえ　いっぱしの
ジャコバン党だが
どこでうちおろす石槌でも
火花の色がおんなじなら
誰が投げ出す金貨にしても
おもてと裏がおんなじなら
鞭と拍車が狎れあう町へ
霧よ　ためらわずに
おりてこい！

霧のある夜がとりわけて
自由だとはいわぬが
やくざな影を競《せ》りおとして
市《いち》を立ち去る小盗たちや
灯油に濡れた小銭だけが
とおい敷石へちらばっても
夜を砥石へあてたやつが
風をくらって消えうせても
立ちはだかった足のあいだで
おもいもかけぬ
夜が明けるまでは
夜明けが　夜明けをくりかえす
日暮れを　日暮れがくりかえす

のっぺらぼうのこの町の　けじめは
霧がつけに来るのだ

ヤンカ・ヨジェフの朝

ヤンカ・ヨジェフが死んだ日に
なぜ燭台を買ったろう
ヤンカ・ヨジェフが死んだ日に
なぜ手袋をわすれたろう
ヤンカは死ななくてもよかったし
燭台は買わなくてもよかったのだ
けれども　夜明けの燭台へ
十一月の霧をともしたとき
たしかにヤンカは　死んだのだ
二台のソビエットの機関砲《タチヤンカ》が

ほとんどいっしょにふきとばした
ふたつの腕と
トリコロールのリボン
ヤンカの両手は　ふたつの町の
ふたつの煉瓦をべつべつにつかみ
ひろげたまんまの招待のあいだを
まっさかさまにころげおちた
世界の未来へ　ブダペストの過去へ
いまではどこにも聞き手のない
古い兵士の歌のために
ちぎれた耳をおいたまま
　リベルテ　エガルテ　フラタリテ！
リベルテ　エガルテ　フラタリテ！

十一月の霧のなかの
どの地下室も知っている
若いマジャールの黄金《きん》の胸毛
はだけたまんまのジプシイの朝
二台のソビエットの機関砲《タチヤンカ》が
ほとんどいっしょにおしだまった
暗い愚直な目を伏せた
ウラルの兵士の足もとで
今では誰でも知っている
ヤンカはボヘミヤの蕪《かぶら》の名
ヨジェフはチロルの聖者の名
ヤンカ・ヨジェフが死んだ日に
なぜ燭台を買ったろう
ヤンカ・ヨジェフが死んだ日に

なぜ手袋をわすれたろう
ヤンカは死ななくてもよかったのに！
燭台は買わなくてもよかったのに！
霧は燃えなくてもよかったのに！
未来は持たなくてもよかったのに！

狙撃者

暗い鏡のまえで
青銅の銃身を
しきりになめまわしていた
おお　わかい狙撃者の
かがやいた　その飢餓
それから――
夜を蹴おとした
昼を蹴おとした
火が投げられた
旗が踏まれた

招きもせぬ勇気が
ドアにもたれてはなだれてきた

旧い鏡のおくの
赤い光の輪のなかで
銃座は僕に　そのときから
据えられたままなのだ
銃口は
永遠にめざめている
そして引き金はもう
どこをさがしても
みあたらない

くしゃみと町

かなしみだろうか　それは
くしゃみをするおれを
世界は涙ぐんでふりかえる
かなしみだろうか　それは
そのとき手のあいだから
おとしたもの
どこへおれの影がとどく
だまって肩へ
手をおいて行くやつら
かなしみだろうか　それは

鍋はぐらぐらと煮えつづけ
どこへつっぱりもなく
ひとつの町が立っている
投げあげた勇気よ
かえってこい
くしゃみをするたびに
立ちどまりながら
けれども　この町へはもう
かえってはこないのだ

ゆうやけぐるみのうた

火をつけた　おれ
火をつけたとも
からすは　横着もので
みみずく　不精もので
日ぐれの山みち
せなかいっぱい　火をつけてきた
火うち石　とてもかたくて
おれ　なみだでた
あいつ　たまげていった
ゆうやけだべか　おれのせなか

ばかいえ　ゆうやけ
おれの目のなかだべよ
あいつ　なんにも知らず
とてもでっかなゆうやけ
せなかいっぱい
しょっていった
おれ　ころげて家へかえり
両方の目だまへ　お灯明
あげたともさ

唐がらしぬった　おれ
ほおずきよりも大きな
唐がらしつぶしては
せなかいっぱいぬったとも

唐がらしばかみたいにあかくて
泣き泣き　おれ
ぬったともさ
あいつ　たまげていった
ゆうやけだべか　おれのせなか
ばかいえ　ゆうやけ
おめのまたぐらだべよ
あいつ　なんにも知らず
またぐらかかえて
ころげては　泣いた
かずのこが　食いたい
てんぷらが　食いたい
おれ　ころげて家へかえり
てんぷら　あわててかくした

おれ　木の舟にのった
あいつ　どろの舟にのった
ゆでだこのような夕日と
あいつ　いっしょに
海にかくれた
おれ　ばかをいっぴき
ゆうやけの海へしずめてきた
なぎさで　おれ
なみだながしたともさ
ああ　ああ
あいつ　なんにも知らね
なんにも知らね
ゆうやけぐるみ
海へしずんだ

夜がやって来る

駝鳥のような足が
あるいて行く夕暮れがさびしくないか
のっそりとあがりこんで来る夜が
いやらしくないか
たしかめもせずにその時刻に
なることに耐えられるか
階段のようにおりて
行くだけの夜に耐えられるか
潮にひきのこされる
ようにひとり休息へ

のこされるのがおそろしくないか
約束を信じながら　信じた
約束のとおりになることが
いたましくないか

棒をのんだ話

うえからまっすぐ
おしこまれて
とんとん背なかを
たたかれたあとで
行ってしまえと
いうことだろうが
それでおしまいだと
おもうものか
なべかまをくつがえしたような
めったにないさびしさのなかで

こうしておれは
つっ立ったままだ
おしこんだ棒が
はみだしたうえを
とっくりのような雲がながれ
武者ぶるいのように
巨きな風が通りすぎる
棒をのんだやつと
のませたやつ
なっとくづくの
あいまいさのなかで
そこだけ　なぐりとばしたように
はっきりしている
はっきりしているから

こうしてつっ立って
いるのだ

サヨウナラトイウタメニ

ワカレネバナラナカッタ　オレハ
帽子ヲカタムケ　マッチヲスリ
ワカレネバナラナカッタ　オレハ
錯覚スルビジョンヲサラニトオク
背ニ裂ケタ上衣ヲ愛着シ
シズカニ滑走スル旅客機ノヨウニ
改札口ヲトオリ　階段ヲノボリ
フシギニヤサシイココロトナッテ
誰レカレトナク会釈ヲカワシ
ワカレネバナラナカッタ

ワカレネバナラナカッタノダト
クリカエシソノ言葉ヘオボレ
背後ヘトオザカルゴトニ
マスマスフカクナル空間ノ
ヤケルヨウナ一点ヘアガル
白イマブシイ手ニ追ワレ
ワカレテ行クノダ
古風ナ義足ノヨウニ

オボエテイル　石ノナカノ声ヲ
オレハソレヲユサブッタ
キミハソレヲユサブッタ
ソウシテフタリデ耳ヲ
オシアテテ聞イタノダ

ツイニ石女《ウマズメ》ノヨウニ
ヨワヨワシク　厚イ内部デ
納得シテイッタ声ヲ
ダマラネバナラナカッタ　ナゼ
ワカレネバナラナカッタ　ナゼ
火ヲヌスンダプロメテノヨウニ
目ノサメルヨウナ
清冽ナ非難ニ追ワレ
トオイ堤防ノ突端ヘ
ユックリト膝ヲツキ
シグナルノヨウニトモリ
シグナルノヨウニ
火ヲ消スノダ　イツカ
フタタビマブシイ風ノナカデ

キミガオレヲヨビトメ
オレガキミヲヨビトメ
モウイチド石ヲ投ゲアウヨウニ
サヨウナラトイウタメニ

アリフは町へ行ってこい

アリフは町へ行くんだぞ
オアフが海へ行くように
釜底帽子はくれてやる
かくしのなかの手は出すな
ブリキの風が鳴る町で
火箸のようにやせてこい
アリフは町へ行くんだぞ
町には空があるだろうが
はだかの並木があるだろうが
旗竿ばかりの大通りでは

帽子のリボンをとばしてこい
ひき臼ばかりの大通りでは
そば粉のようにすすけてこい
棺桶ばかりの大通りでは
猫を死人に投げてこい
太鼓たたきやセロ弾きと
銅貨の裏目をかけてこい
アリフは町へ行くんだぞ
オアフが海へ行くように
アリフは町へ行ってこい
町には筈があるだろうが
大きな牢屋があるだろうが
アリフが海へ行かないのは
アリフにひげが生えたから

アリフの罪が熟れたから
アリフは町へ行ってこい
アリフの塔をたおしてこい
アリフの罪をかぞえてこい
アリフは町へ行くんだぞ

絶壁より

いつ行きついたのか
歩行するものの次元が
そこで尽き　やがて
とまどい　うずくまる——
意志よりも重い意志が
遮断機よりも無表情に
だまって断ちおとした未来
その赤ちゃけた切口に
たとえばどんな
決断の光栄があるか

またたくまに
風となった意志
たんぽぽを抜き
おれは踵《くびす》をめぐらそう
もはやおれを防ぐものはなく
おれが防ぐものが
あるばかりだ
そこに立ちどまって
みせるな
カンテラよりも
おろかなやつでさえ
おれを笑うことを知っている
重たく蹴おとした意志の
むこうにあるものはいつも

明るく透明であるほかに
なんのすべをも知らぬ
能なしの夜明けだけだ
放埓な風のなか
あついふところの銭勘定よ
切り立った虚無へ
だまって唾《つばき》をおとし
夜よりも深い記憶へ引きかえす
どこにまぎれて行く
夜があるか
しばらく鎚となり
しばらく鉄敷《かなしき》となる夜が
手をあげれば
ただちにはじまる時刻であっても

おれが断ちきられるのは
しかしそこではない

岬と木がらし

おれが聞いているのは
たしかに木がらしだが
ときおりやつが立ちどまっては
いつまでも思いだせずにいるのも
おれのことにちがいない
ときおりやつがふりかえっては
しうねく聞き耳を立てるのも
おれのことにちがいない
どろぼう岬をまわって三十歩
誰がかぞえてもまぎれのない足あとが

切っておとしたように
途絶えたところで
いきなり　やつは
棒立ちになっているが
不意をつかれたふところから
そばかすだらけの巨きなげんこつが
熟れた果実のようにころげ出すなら
岬は　とおい
執念の切先さ

思いだしたか　おれのことを
おれが聞いているのは
たしかに木がらしだが
やつが聞いているのも

岬の木がらしさ
風にまかれる煙突のように
やつは　まっとうに
立ちはだかっているが
そのつきつめた蒼い目のなかで
いまでも羽ばたきをやめないのが
からすかんざぶろうと
呼びならわす鳥だ

追いつめた執念の突端には
灯台なりとおしたてろ
白壁土蔵のなつかしさが
霜にいじける村はずれから
白痴《こけ》は岬へひかれて行け！

おもいだしたか　おれのことを
おれが聞いているのは
たしかに木がらしだが
岬をはるかな耳鳴りのなかで
おのれのくるぶしもわすれがちな
腑抜けが　おれをおもいだすなら
夜明けは雪に
ちがいないのだ

酒がのみたい夜

酒がのみたい夜は
酒だけでない
未来へも罪障へも
口をつけたいのだ
日のあけくれへ
うずくまる腰や
夕ぐれとともにしずむ肩
酒がのみたいやつを
しっかりと砲座に据え
行動をその片側へ

たきぎのように一挙に積みあげる
夜がこないと
いうことの意味だ
酒がのみたい夜はそれだけでも
時刻は巨きな
枡のようだ
血の出るほど打たれた頬が
そこでも　ここでも
まだほてっているのに
林立するうなじばかりが
まっさおな夜明けを
まちのぞむのだ
酒が飲みたい夜は
青銅の指がたまねぎを剝き

着物のように着る夜も
ぬぐ夜も
工兵のようにふしあわせに
真夜中の大地を掘りかえして
夜あけは　だれの
ぶどうのひとふさだ

自転車にのるクラリモンド

自転車にのるクラリモンドよ
目をつぶれ
自転車にのるクラリモンドの
肩にのる白い記憶よ
目をつぶれ
クラリモンドの肩のうえの
記憶のなかのクラリモンドよ
目をつぶれ

目をつぶれ

シャワーのような
記憶のなかの
赤とみどりの
とんぼがえり
顔には耳が
手には指が
町には記憶が
ママレードには愛が

そうして目をつぶった
ものがたりがはじまった

自転車にのるクラリモンドの
自転車のうえのクラリモンド

幸福なクラリモンドの
幸福のなかのクラリモンド

そうして目をつぶった
ものがたりがはじまった

町には空が
空にはリボンが
リボンの下には
クラリモンドが

さびしいと　いま

さびしいと　いま
いったろう　ひげだらけの
その土塀にぴったり
おしつけたその背の
その　すぐうしろで
さびしいと　いま
いったろう
そこだけが　けものの
腹のようにあたたかく
手ばなしの影ばかりが

せつなくおりかさなって
いるあたりで
背なかあわせの　奇妙な
にくしみのあいだで
たしかに　さびしいと
いったやつがいて
たしかに　それを
聞いたやつがいるのだ
いった口と
聞いた耳とのあいだで
おもいもかけぬ
蓋がもちあがり
冗談のように　あつい湯が
ふきこぼれる

あわててとびのくのは
土塀や　おれの勝手だが
たしかに　さびしいと
いったやつがいて
たしかに　それを
聞いたやつがいる以上
あのしいの木も
とちの木も
日ぐれもみずうみも
そっくりおれのものだ

風と結婚式

ぼくらは　高原から
ぼくらの夏へ帰って来たが
死は　こののちにも
ぼくらをおもい
つづけるだろう
ぼくらは　風に
自由だったが
儀式はこののちにも
ぼくらにまとい
つづけるだろう

忘れてはいけないのだ
どこかで　ぼくらが
厳粛だったことを
あかるい儀式の窓では
樹木が　風に
もだえており
街路で　そのとき犬が
打たれていた
古い巨きな
時計台のま下でも
風は　未来へ
聞くものだ！
ぼくらは　にぎやかに
街路をまがり

黒い未来へ
唐突に匂って行く

夏を惜しむうた

ならべて置くだけでいいか
ふくろのようなものや
桶のようなもの
九月となれば
雲はもう乞食なのだ
不信心なやつには
いっておけ
たましいは　食卓に
つかないだろうと
はげしい目で

うしろ手にわたしたものは
誰が拒んでも
たしかにわたしたのだ
さようならよ
監獄のような諧謔とともに
またしても俺にだけは
容赦のない日本《にっぽん》の夏よ

貨幣

一枚の貨幣を支払うように
ひとつの町を支払って
彼はおのれの旅程を越えた
憑きものが落ちるように
彼から
一枚の貨幣が落ちた
彼が貨幣を支払ったか
貨幣が彼を支払ったか
おれは知らぬ
だが驢馬の刻印のある貨幣と

貨幣の刻印のある驢馬とは
ときに
ひとつの旅程ですり代るのだ
あるいは　死が人に
人が生に
生が兇器にすり代る
その夜　彼は
おのれの靴を抱いてねむったが
夜をこめて彼のかたわらでは
支払いのもののおとがつづいた

病気の女に

だれもが　いちど
のぼって来た井戸だ
ことさらにふかい
目つきなぞするな
病気の手のゆびや足の指が
小刻みにえぐった
階段を攀じ
やがてまっさおな出口の上で
金色の太陽に
出あったはずだ

泣かんばかりのしずかな夕暮れを
それでも見たはずだ
花のような無恥をかさねて来て
朝へ遠ざかるのが
それでもこわいのか
病気の耳や
病気の手が
そのひとところであかく灯《とも》り
だれもがほっそりと
うるんで見えるなら
それでも生きて
いていいということだ
なべかまの会釈や
日のかたかげり

馬の皮の袋でできた
単純な構造の死を見すえる
単純な姿勢の積みかさねで
君とおれとの
小さな約束事へ
したたるように
こたえたらどうだ

夜盗

もはや夕暮れでないと気づいたとき
ひとりはたちあがって
鶏《とり》を絞《し》める
ひとりはたちあがって
柱を絞《し》める
ひとりはたちあがって
おのれの手をねじあげる
たくらんだ夜《よる》の深さに応じ
夜盗はそれぞれに
夜盗であるだろう

たとえば俯伏せた夜盗の背を
踏んで走るやつも　おなじく
夜盗と呼ぶならわしだ
獄門から笞打ちまで
夜盗の走りぬける距離が
いかにみじかいにせよ
切って捨てるような夜明けは
いずれの夜盗にも
一様にかかわるのだ
半鐘を打たせ髭を灼かれ
道理のようなものを
うしろ手に閉め返して
まはだかの昼を逃げ帰るとき
夜盗に追いすがるものは

おなじく夜盗でなければならぬ
ときに条理にささえられて
夜盗は夜盗を
かけぬけるのだ
夜盗がくらい捨てる
林檎のごときもの
夜盗がちぎり捨てる
縄のごときもの
これらつかのまの
逃亡の朝にかかわるもの
まないたのような大通りは
しう雨に洗われては
白昼にいたる距離だ

足ばかりの神様

あぐらをかいているその男は
たしか神様をみたことがある
おわりもなく
はじめもない生涯の
どのあたりにいまいるのかを
とめどもなくおもい
めぐらしていたときだ
まあたらしいごむの長靴をはいた
足ばかりの神様が
まずしげなその思考を

ゆっくりとまたいで
行かれたのだ
じつに足ばかりの
神様であった
あぐらをかいていたその男が
そのときたちあがったとは
どの本にも書いていない

勝負師

いちまいの座蒲団を置き
仰向けた掌《て》でそれを示す
すわれば
主客の位置づけは終るのだ
うそ寒い
絆纏《はんてん》のごときものを前に
絣模様のたましいを向きあわせて
平然と咳ばらいなぞ
するがいい
よしんばそれだけの仕草にせよ

歳月を賭けて
あらそわねばならぬものは
あるということだ
それとも十年目の祭りのように
思慮のむこうへ
でんぐりがえってみせるか
胡瓜のごときものや
らっきょうのごときもの
名ばかりの仁義をねじり切って
地下牢を宙天へ
おしあげてもみるか
精神と煙突が実在する真下
ついに問いつめられて
放尿に立つまで

ゆるしあえぬいっぽんの大欅を
精魂こめて
ゆさぶりつづけるのだ

お化けが出るとき

そうすぐかんたんに
お化けが出るものか
だまって聞いていな
もう何日も
おれたちは考えたのだ
戸だなをあけるたびに
ひとつずつ夜が明けた
はしごをおろすたびに
ひとつずつ夜が明けた
トマトのほしい手には

トマトをのせ
銀貨がほしい手には
銀貨をのせ
それからおれたちは
なにをしたとおもう
やっぱり戸だなをあけたのだ
やっぱりはしごを
おろしたのだ
そうしておれたちは考えた
もうなん日も
考えた
世界がまっさおに
なるまで
おれたちもまっさおに

なっちまうまでな
おっかなかったな　あのときは
ほうせん花がはじけるたびに
おれたちはふるえあがって
顔を見あわせた
すると
しずかな時がやって来て
鉄床《かなとこ》へ鳩がころげおちた
おれたちはいっせいに
たちあがった
ばんざい
蝙蝠を絞首《つる》すときが来た
まっ赤な手で日時計を
おしたおすと

壺のようなくらやみへ
なだれこんだ

なにがあったとおもう

お化けが出るのは
そのまたさきのことさ

武装

この町にて責めらるる時は
かの町に逃れよ
マタイ伝・一〇・二三

風がとだえたというだけが
たしかなその日の
知らせであった
しかも女はその日のうちに
出立した
遠くへ向けて武装するものが
つねに商人や
機関士であるとかぎらないからだ

ひとつの航跡が
海をふたつにわかつとき
へさきへ向けて武装することのほか
なにが女にのこされているか
同時に鎚であり
同時に鉄敷《かなしき》であってならぬもの
女は陸軍のように
歩いて行く
いかなる日にもそれは
不安であってはならないのだ

伝説

きみは花のような霧が
容赦なくかさなりおちて
ついに一枚の重量となるところから
あるき出すことができる
きみは数しれぬ麦が
いっせいにしごかれて
やがてひとすじの声となるところから
あるき出すことができる
きみの右側を出て
ひだりへ移るしずかな影よ

生き死にに似た食卓をまえに
日をめぐり
愛称をつたえ
すこやかな諧謔を
銀のようにうちならすとき
あるきつつとおく
きみは伝説である

夜の招待

窓のそとで　ぴすとるが鳴って
かあてんへいっぺんに
火がつけられて
まちかまえた時間が　やってくる
夜だ　連隊のように
せろふあんでふち取って——
ふらんすは
すぺいんと和ぼくせよ
獅子はおのおの
尻尾《しりお》をなめよ

私は　にわかに寛大になり
もはやだれでもなくなった人と
手をとりあって
おうようなおとなの時間を
その手のあいだに　かこみとる
ああ　動物園には
ちゃんと象がいるだろうよ
そのそばには
また象がいるだろうよ
来るよりほかに仕方のない時間が
やってくるということの
なんというみごとさ
切られた食卓の花にも
受粉のいとなみをゆるすがいい

もはやどれだけの時が
よみがえらずに
のこっていよう
夜はまきかえされ
椅子がゆさぶられ
かあどの旗がひきおろされ
手のなかでくれよんが溶けて
朝が　約束をしにやってくる

あとがき

〈すなわち最もよき人びとは帰っては来なかった〉。〈夜と霧〉の冒頭へフランクルがさし挿んだこの言葉を、かつて疼くような思いで読んだ。あるいは、こういうこともできるであろう。〈最もよき私自身も帰ってはこなかった〉と。今なお私が、異常なまでにシベリヤに執着する理由は、ただひとつそのことによる。私にとって人間と自由とは、ただシベリヤにしか存在しない（もっと正確には、シベリヤの強制収容所にしか存在しない）。日のあけくれがじかに不条理である場所で、人間ははじめて自由に未来を想いえがくことができるであろう。条件のなかで人間として立つのではなく、直接に人間としてうずくまる場所。それが私にとってのシベリヤの意味であり、そのような場所でじかに自分自身と肩をふれあった記憶が、〈人間であった〉という、私にとってかけがえのない出来事の内容である。

一九六三・九・二八

略歴

大正４年静岡県伊豆に生れる。昭和13年東京外語ドイツ語部卒。昭和14年応召、在隊中ロシア語の教育を受ける。昭和20年敗戦の冬ハルピンでソ連軍に抑留され、アルマ・アタへ送られる。昭和24年カラガンダで起訴され、重労働25年の判決を受ける。昭和28年特赦により帰還。

詩集──サンチョ・パンサの帰郷

思潮ライブラリー・名著名詩選

2016年２月25日　第一刷発行
2018年２月25日　第二刷発行
著者／石原吉郎
発行者／小田久郎
発行所／思潮社
/東京都新宿区市谷砂土原町 3-15
/電話 03(3267)8141(編集)・8153(営業)
/FAX 03(3267)8142
印刷 /三報社印刷株式会社
製本 /小高製本工業株式会社

底本　『サンチョ・パンサの帰郷』一九六三年十二月二十五日　初版第一刷

＊「思潮ライブラリー・名著名詩選」シリーズでの復刊に際し、内カバーは初版のまま、外カバーはバーコードなどを加えたため、原著「現代詩人双書」と本書「思潮ライブラリー・名著名詩選」のふたつのシリーズ名が混在しています。